Escalones

De aquí para allá

CHANHASSEN, MINNESOTA

Two-Can Publishing
una división de Creative Publishing international, Inc.
18705 Lake Drive East
Chanhassen, MN 55317
1-800-328-3895
www.two-canpublishing.com

Traducción de Susana Pasternac
Servicios de lenguaje y composición provistos por translations.com

Creado por
act-two
346 Old Street
London EC1V 9RB

Escrito y editado por: Sarah Fecher y Deborah Kespert
Cuento de: Belinda Webster
Ilustraciones principales: Gaetan Evrard
Ilustraciones por computadora: Jon Stuart

HC ISBN 1-58728-163-5
SC ISBN 1-58728-444-8

Créditos de fotos: p4: Allsport UK Ltd; p5: Telegraph Colour Library; p7: Quadrant Picture Library; p9 arriba: Robert Harding Picture Library; abajo: Britstock-IFA; p10: James Davis Travel Photography; p12: Pictor International; p13: Pictor International; p17: Britstock-IFA; p18: Zefa; p19: Tony Stone Images; p21: Tony Stone Images; p22 Tony Stone Images.

1 2 3 4 5 6 09 08 07 06 05 04

Impreso en China

¿Qué hay adentro?

Este libro habla sobre muchas formas de viajar. Podrás descubrir cómo avanzan veloces los autos y los trenes sobre tierra, cómo flotan en el agua los barcos, cómo vuelan por el cielo los aviones y mucho más.

# La bicicleta

La bicicleta es muy divertida. En ella puedes ir a las tiendas o al parque con tus amigos. Aprender a andar en bicicleta es muy fácil. Puede que tambalees al principio, pero pronto pedalearás como un profesional.

La bicicleta de carreras extra liviana corre por la pista. El conductor agacha la cabeza y el cuerpo para que el aire pase por encima.

Usa siempre un **casco** duro para proteger tu cabeza.

Para andar en bicicleta te sientas en el asiento y **pedaleas** con tus pies.

El **guardabarros** te protege de las salpicaduras.

Las dos **ruedas** dan vueltas y hacen avanzar la bicicleta.

Con las manos en el **manubrio** mantienes derecha la bicicleta.

Para advertir a la gente, tocas el **timbre**.

El "rickshaw" tiene tres ruedas y un asiento confortable. Te sientas y el conductor te lleva por la ciudad.

Cuando aprietas los **frenos** la bicicleta se detiene.

¿Sabías que...?

Un monociclo tiene una sola rueda y no tiene manubrio. Lleva tiempo y mucho equilibrio aprender a andar en él.

El auto

En todo el mundo la gente viaja en auto. Un auto puede llevar a toda la familia por donde haya caminos. Los autos son rápidos, ¡siempre y cuando no haya mucha circulación!

¿Sabias que...?

El auto más largo del mundo tiene 26 ruedas y hasta una piscina para zambullirse.

Girar el **volante** hace que el auto doble a la izquierda o la derecha.

El **motor** usa combustible para moverse.

Los **faros** iluminan el camino en la noche.

Los **neumáticos** se adhieren al pavimento, incluso cuando está mojado.

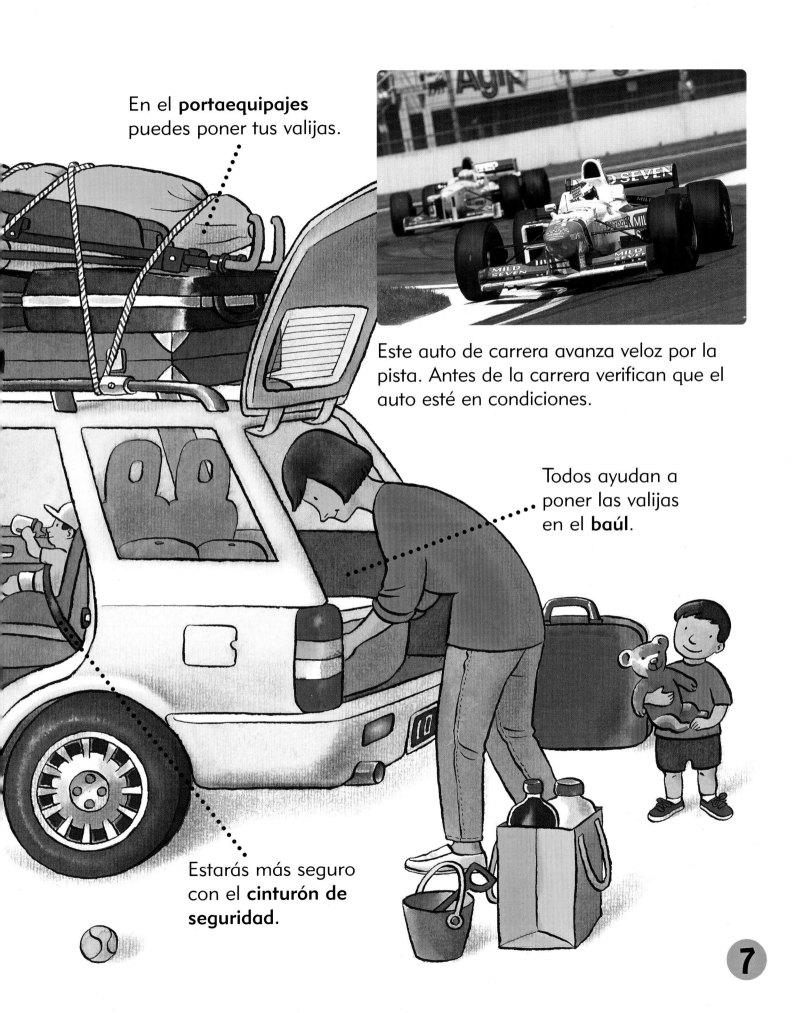

En el **portaequipajes** puedes poner tus valijas.

Este auto de carrera avanza veloz por la pista. Antes de la carrera verifican que el auto esté en condiciones.

Todos ayudan a poner las valijas en el **baúl**.

Estarás más seguro con el **cinturón de seguridad**.

El autobús

El autobús lleva a la gente por la ciudad. La gente sube y baja en las paradas y hay lugar para muchos. Desde el autobús puedes mirar por las ventanillas y saber cuándo tienes que bajar.

Las **puertas** se abren para que la gente suba.

Los **pasajeros** se sientan adentro.

En la **parada** esperas el autobús.

El **horario** dice cuándo pasa el autobús.

El viaje se paga con **dinero**.

Un **cartel** indica adónde va el autobús.

PLAZA CENTRAL

El **conductor** puede ver la ruta a través del vidrio del parabrisas.

Este minibús va repleto, por eso las valijas van arriba del techo.

En este autobús de dos pisos te puedes sentar abajo o subir a la plataforma superior.

El camión

Los camiones son de tamaños y formas variadas. Llevan carga de todo tipo de un lugar a otro por las carreteras. Los camiones entregan alimentos en las tiendas o transportan muebles a una nueva casa.

Dentro del **remolque** hay espacio para llevar todas tus cosas.

Este camión largo lleva gasolina en dos contenedores enormes. El conductor viaja durante días para entregar su carga.

Es bueno empacar las cosas en **cajas** resistentes.

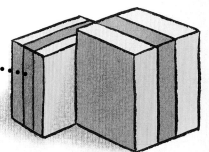

Los hombres bajan las cajas por la **rampa**.

La **cabina** está adelante.
Allí es donde se sienta el
conductor y su ayudante.

El **espejo
retrovisor**
permite ver
hacia atrás en
la ruta.

Por este **escalón**
se sube a la
cabina.

Un sofá es una
carga pesada.
¡Qué difícil es
llevarlo a la casa!

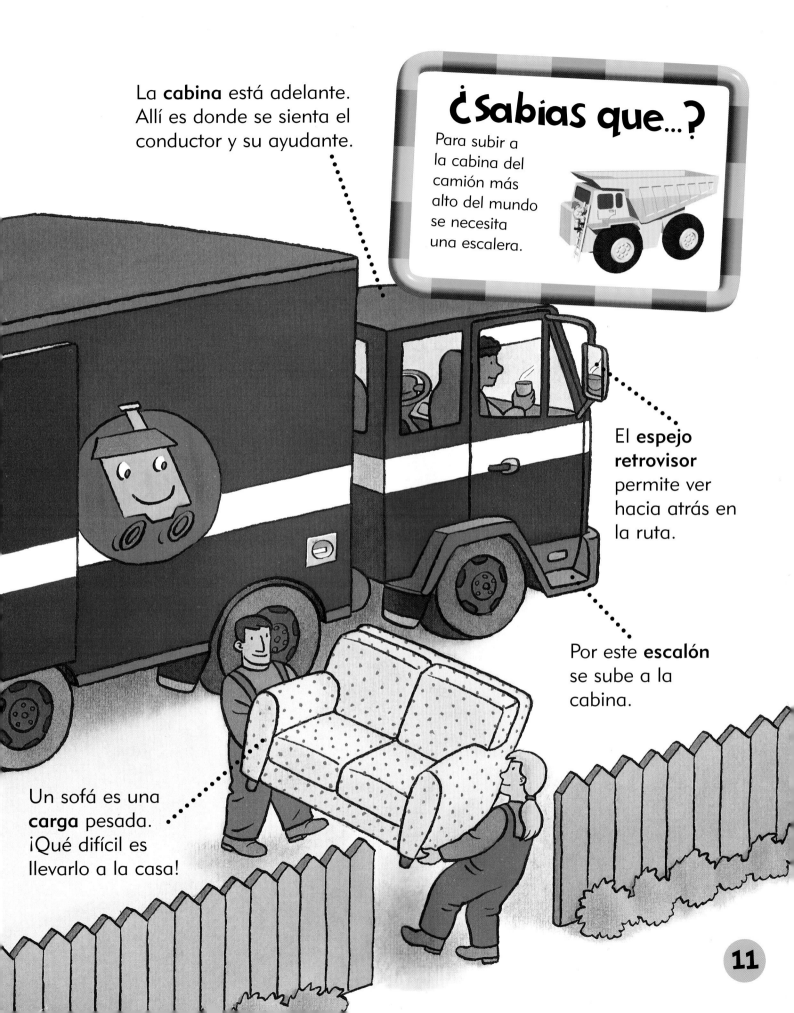

El tren

El tren te lleva de una ciudad a otra. En el camino se detiene en las estaciones para que la gente suba o baje. El tren pasa a toda velocidad por campos, puentes y túneles profundos y oscuros.

En la fila de **vagones**, los pasajeros viajan sentados.

El TGV es el tren más rápido del mundo. Transporta a la gente de ciudades distantes dos veces más rápido que un auto en una autopista.

Atravesar un **túnel** es más rápido que subir y bajar las montañas.

El tren avanza sobre dos rieles llamados **vías ferroviarias**.

El conductor mueve las **palancas** para acelerar o disminuir la velocidad.

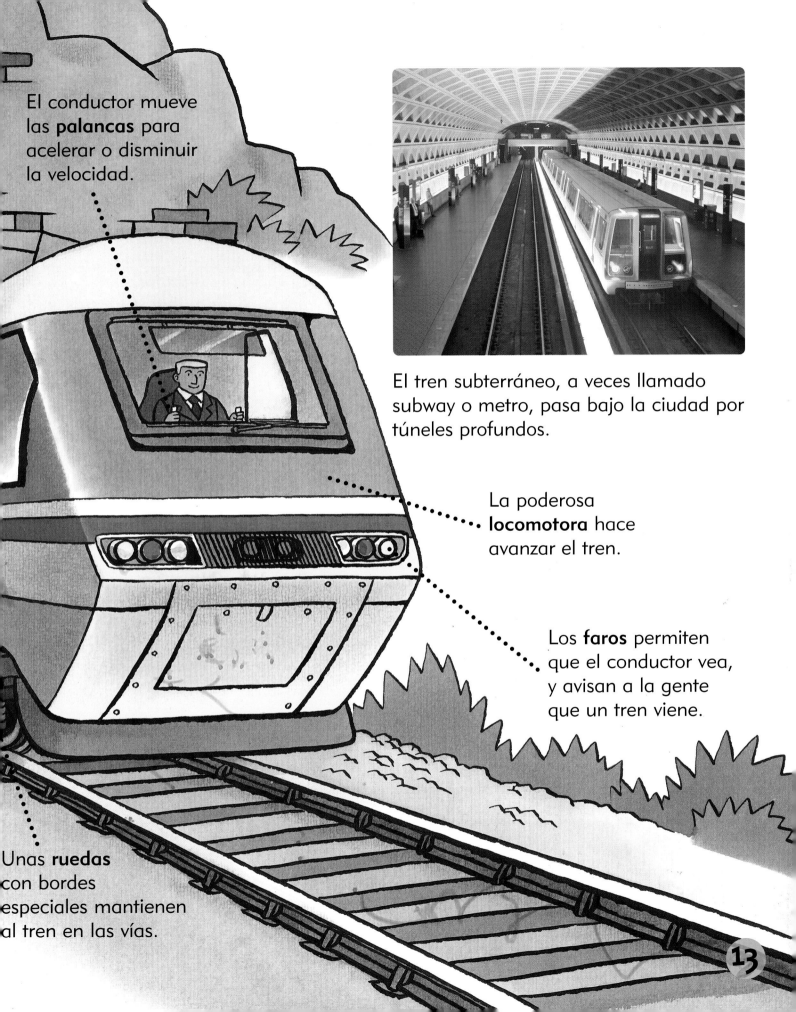

El tren subterráneo, a veces llamado subway o metro, pasa bajo la ciudad por túneles profundos.

La poderosa **locomotora** hace avanzar el tren.

Los **faros** permiten que el conductor vea, y avisan a la gente que un tren viene.

Unas **ruedas** con bordes especiales mantienen al tren en las vías.

Siempre en movimiento

La ciudad está llena de gente que va de un lado a otro. Hay autos, camiones, autobuses y bicicletas.

¿Cuánta gente anda en bicicleta?

¿Qué auto parece tener problemas de motor?

Palabras que ya sabes

He aquí algunas palabras que ya has visto en este libro. Léelas en voz alta y luego trata de encontrar las cosas en el dibujo.

pasajeros   remolque   ruedas

vagones   casco   motor

¿Dónde está entrando el tren?

Barcos pequeños

Flotar sobre el agua en barcos pequeños es muy divertido. En un velero como el del dibujo central te puedes sentar y dejar que el viento te lleve. Las olas pueden voltear a un velero, por eso ¡debes sujetarte bien!

Un **chaleco salvavidas** te mantiene a salvo si te caes al agua.

El viento sopla en las **velas** y hace avanzar el bote.

Para ir más rápido, tiras de una **soga** gruesa.

Mueves el **timón** para que el velero dé la vuelta.

Un alto **mástil** mantiene las velas altas. ••••••

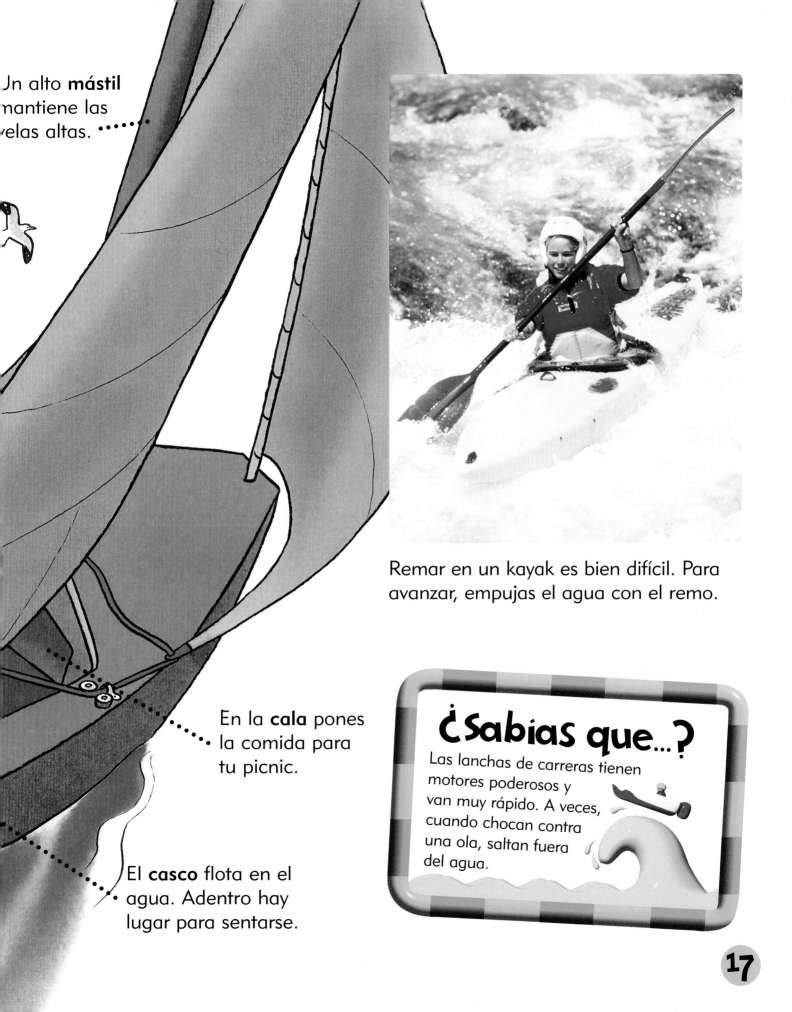

Remar en un kayak es bien difícil. Para avanzar, empujas el agua con el remo.

En la **cala** pones la comida para tu picnic.

El **casco** flota en el agua. Adentro hay lugar para sentarse.

¿Sabias que...?

Las lanchas de carreras tienen motores poderosos y van muy rápido. A veces, cuando chocan contra una ola, saltan fuera del agua.

17

El buque

Los buques son barcos gigantes. Muchos van de un lado a otro del mundo cruzando los océanos. Un ferry como el del dibujo central, transporta gente en viajes cortos. Un extremo se abre y permite subir en auto.

¿Sabías que...?

Los petroleros son los barcos más largos del mundo. Necesitarías una bicicleta para ir de una punta a la otra.

Este crucero avanza lentamente sobre el mar azul. Lleva de vacaciones a cientos de personas.

La gente espera en el **muelle** antes de subir al ferry.

La gente estaciona sus autos en la **cubierta para autos**.

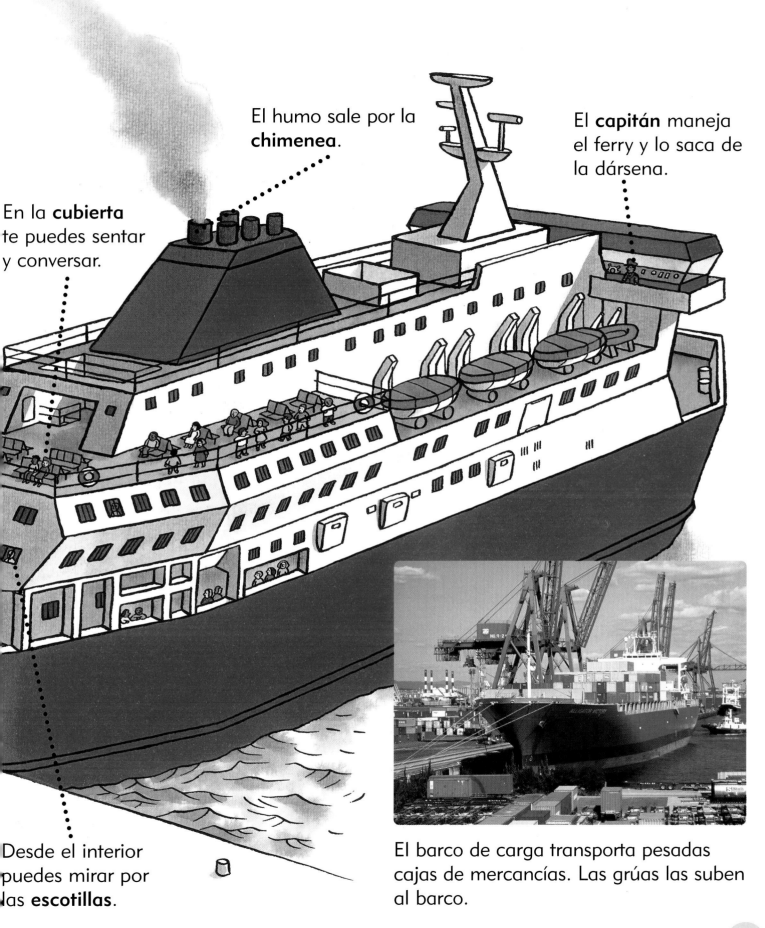

El humo sale por la **chimenea**.

El **capitán** maneja el ferry y lo saca de la dársena.

En la **cubierta** te puedes sentar y conversar.

Desde el interior puedes mirar por las **escotillas**.

El barco de carga transporta pesadas cajas de mercancías. Las grúas las suben al barco.

El helicóptero

¿Has visto alguna vez un helicóptero dar vueltas en el cielo? Puede volar hacia arriba, hacia abajo y hasta flotar en el aire sin moverse. Con ellos se hacen muchas cosas. Algunos controlan el tráfico que hay abajo, otros llevan gente de paseo.

Con los **auriculares de casco** el piloto habla con gente a tierra.

El **piloto** se sienta adelante y maneja el helicóptero.

El piloto mueve los **comandos** para subir y bajar.

¿Sabias que...?

Un helicóptero puede aterrizar en un espacio pequeño, incluso en el techo de un edificio.

El helicóptero aterriza sobre dos **patines de aterrizaje**.

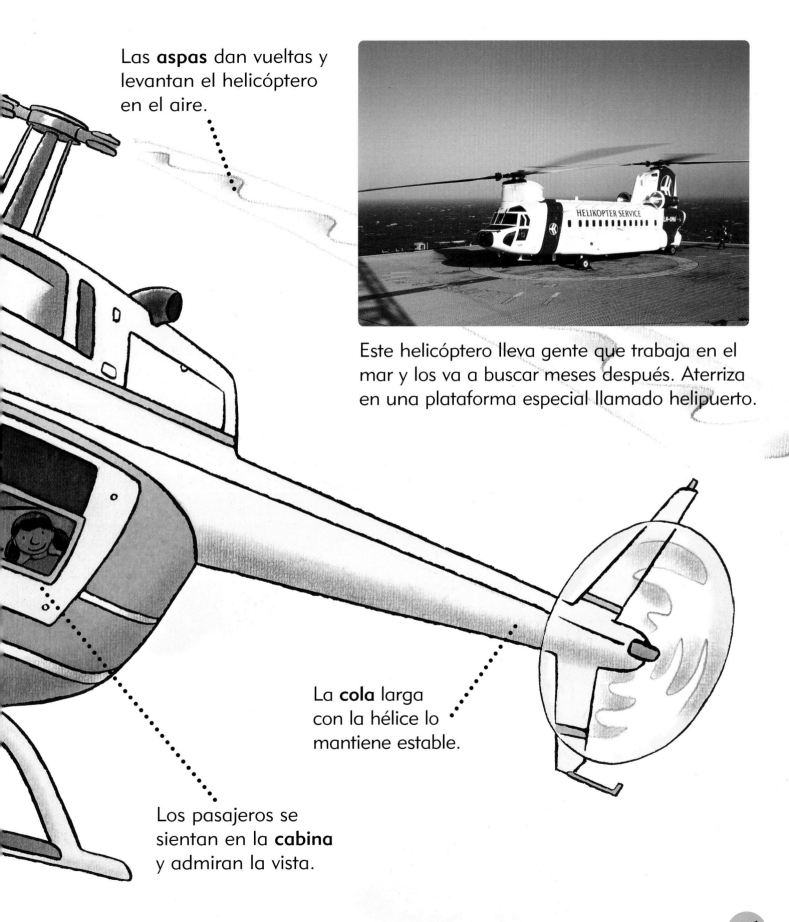

Las **aspas** dan vueltas y levantan el helicóptero en el aire.

Este helicóptero lleva gente que trabaja en el mar y los va a buscar meses después. Aterriza en una plataforma especial llamado helipuerto.

La **cola** larga con la hélice lo mantiene estable.

Los pasajeros se sientan en la **cabina** y admiran la vista.

HELIKOPTER SERVICE

 # El avión

Los aviones despegan y aterrizan en los aeropuertos. Vuelan por encima de las nubes y transportan gente a diferentes ciudades y países. ¡En un avión, puedes cruzar el mundo en un día!

Un camión de equipajes lleva las valijas a la **bodega**.

Estos aviones decorados toman parte en espectáculos aéreos. Vuelan en formación haciendo piruetas en el cielo.

Las **alas** enormes permiten que el avión vuele en el aire.

Un avión avanza
por la pista y
despega.

El piloto se sienta en
la **cabina de pilotaje**
frente a los controles.

Los pasajeros suben
por la escalerilla y
las **azafatas** los
reciben a bordo.

El avión tiene **ruedas**
fuertes que lo ayudan
a aterrizar suavemente
en la pista.

Mar y cielo

¡El mar y el cielo están llenos de gente que van de un lado a otro! Algunos se divierten y otros van a trabajar.

Palabras que ya sabes

He aquí algunas palabras que ya has visto en este libro. Léelas en voz alta y luego trata de encontrar las cosas en el dibujo.

timón	alas	velas
escotillas	cabina	cubierta de autos

24

¿Cuántos aviones pasan por el cielo?

¿Dónde esperan los autos y los camiones para entrar en el ferry?

¿Dónde está el piloto del helicóptero?

Un conductor de autobús muy curioso

"Me encanta conducir mi autobús —pensó el conductor de autobús—, pero siempre lo hago a la misma hora, por las mismas calles y me detengo en las mismas paradas." Al dejar a su último pasajero, se preguntó: "¿Qué tal si hago algo totalmente diferente?"

En el medio de la noche, el curioso conductor de autobús se despertó con una idea brillante. —Ya sé lo que voy a hacer —le susurró a su gato—. Pondré un aviso en el diario y veremos si alguien contesta.

Curioso conductor de autobús
Desearía hacer algo totalmente
diferente.
Por favor escriba a...
El conductor de autobús
Central de Autobuses
Villa Alegre

Al día siguiente llegaron dos enormes bolsas con cartas. Todas de gente que lo invitaban a hacer algo totalmente diferente en su vida.

El conductor de autobús se sentó y las clasificó en pilas de "sí" y de "no". Escribió cartas de agradecimiento por la amable invitación a los de la pila del "no". Por la tarde llamó por teléfono a la gente de la pila del "sí" para organizar su próxima semana.

Esto es lo que escribió en su calendario para no olvidar con quién tenía que encontrarse.

Lunes	piloto de avión
Martes	conductor de subterráneo
Miércoles	piloto de auto de carreras
Jueves	capitán de ferry
Viernes	día libre

—Hoy me toca volar con una señora que es piloto —dijo contento al despertar la mañana del lunes. Extendió los brazos como alas y saltó de la cama.

Pero no era un buen día para volar. El cielo estaba gris y llovía a cántaros.

Cuando llegó al aeropuerto la buscó. La reconoció fácilmente en su impecable uniforme con galones dorados.

—Encantada de conocerlo —dijo ella estrechando su mano—. Me temo que no podremos volar en medio de esta terrible tormenta. Tomaremos una taza de té mientras esperamos a que mejore el tiempo.

El conductor de autobús la siguió hasta la cabina de pilotaje y se sentó en un pequeño asiento rodeado de interruptores y botones iluminados. Tomaron muchas tazas de té y ella le enseñó algunos trucos de cartas. Le contó también historias interesantes sobre cómo volar aeroplanos, pero la lluvia los mantuvo en tierra.

"Volar un aeroplano debe ser muy difícil —pensó el conductor mirando la lluvia que inundaba la pista—. Me alegro de no tener que hacerlo, especialmente con un tiempo como este."

Al final del día, el conductor le agradeció por las tazas de té y su interesante conversación.

El martes por la mañana, la tormenta había pasado y era un hermoso día de sol.

—Voy a encontrarme con un conductor de tren subterráneo —reía mientras buscaba bajo la cama sus calcetines.

Llegó a la estación del subway justo a tiempo y bajó por la escalera mecánica hasta la plataforma de trenes.

—Suba —le dijo el conductor del tren—, lo estaba esperando.

Pasaron todo el día zumbando por túneles oscuros y parando en las plataformas. El conductor del tren subterráneo fue muy generoso y compartió con él su última goma de mascar.

Las paredes de los retorcidos y oscuros túneles desfilaban rápidamente a medida que el tren zumbaba por los subterráneos.

"Esta es una manera rápida de viajar", pensó el conductor de autobús, "pero extraño el hermoso cielo azul y la conversación de mis pasajeros."

Al final del día, agradeció al conductor del tren subterráneo por la goma de mascar y por el paseo bajo la ciudad.

El miércoles por la mañana se levantó lleno de entusiasmo.

—Hoy voy a encontrarme con un piloto de carreras —gritó mientras corría al baño.

28

Cuando llegó a la pista de carreras lo esperaba un auto de carreras nuevo de color rojo brillante.

—Suba —dijo el piloto bajo su casco. El conductor de autobús se puso un casco y apretó el cinturón de seguridad lo más que pudo.

—¡Vaya lo más rápido que pueda! —le gritó.

El auto de carreras arrancó velozmente y dio la vuelta a la pista, tomando atajos y volando sobre los baches. El motor era tan ruidoso que tenían que gritar para escuchar lo que decían. El piloto le

contaba a gritos unos chistes muy divertidos y el conductor de autobús reía y reía, pero pronto se sintió mareado de tanto reír y de tantas vueltas y vueltas.

—Imagínense que yo también fuera así de rápido —le dijo con una risita entrecortada—. Los paquetes volarían por el aire y no escucharía el timbre para bajar.

Cuando el día llegó a su fin, el conductor de autobús agradeció al piloto por ir tan rápido en su brillante auto de carreras rojo.

El jueves por la mañana, el conductor de autobús despertó muy temprano.

—Hoy voy a encontrarme con la capitana de un ferry —cantó a toda voz mientras se duchaba.

Cuando llegó al puerto, el ferry estaba en el muelle y colas de autos y camiones esperaban para subir. Desde la cubierta alguien le hacía señas.

—¡Suba a bordo! —le gritó ella.

El conductor de autobús subió hasta un cuarto desde donde se veía una hermosa vista del mar por una enorme ventana. Se paró al lado de la capitana y la ayudó a guiar el ferry fuera del puerto.

La capitana le mostró como se gobernaba el barco. También le enseñó como silbar a las gaviotas.

Era un día fresco y con viento, y en el mar las olas se encrespaban. El conductor de autobús comenzó a sentirse mareado.

—Creo que me siento mejor sobre tierra firme —dijo—. Es muy difícil caminar en un barco que se mueve.

—Lleva tiempo acostumbrarse —dijo la capitana, y volvió a tocar el silbato para animar al conductor de autobús.

Cuando el día llegó a su fin, el conductor de autobús le agradeció por dejarlo gobernar el barco.

—Hoy es mi día libre —bostezó el conductor de autobús cuando despertó el viernes por la mañana—.Qué semana má interesante tuve. Hablé con una piloto y vi lo enormes motores y las luces parpadeante: de un avión, viajé por toda la ciudad en e tren subterráneo. Descubrí lo ruidoso que es un auto de carreras y tomé un ferry para ver las brillantes olas y las gaviotas.

—Me alegró haber descubierto todas esa: cosas, pero ¿sabes qué, Mini-Gatito? No m gustó tener que esperar en la tormenta par(volar en el avión. Extrañé el cielo luminos(mientras anduve en el tren subterráneo. Lo: motores del auto de carreras eran muy ruidosos. Y el barco me dio mal de estómag(¡Me encanta manejar mi autobús! ¿Me pregunto qué pensarán mis nuevos amigo: sobre mi día? ¡Quizás también ellos tenga(curiosidad! Les debería enviar una carta para invitarlos a pasar el día en mi autobús —dijo mientras buscaba un lápiz.

Acertijos

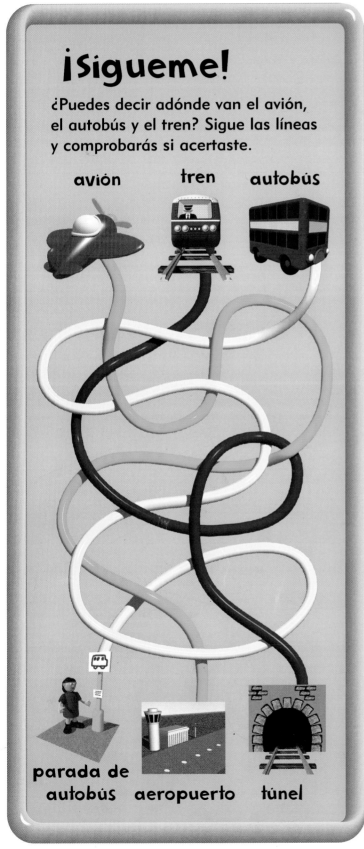

¡Sigueme!

¿Puedes decir adónde van el avión, el autobús y el tren? Sigue las líneas y comprobarás si acertaste.

avión   tren   autobús

parada de autobús   aeropuerto   túnel

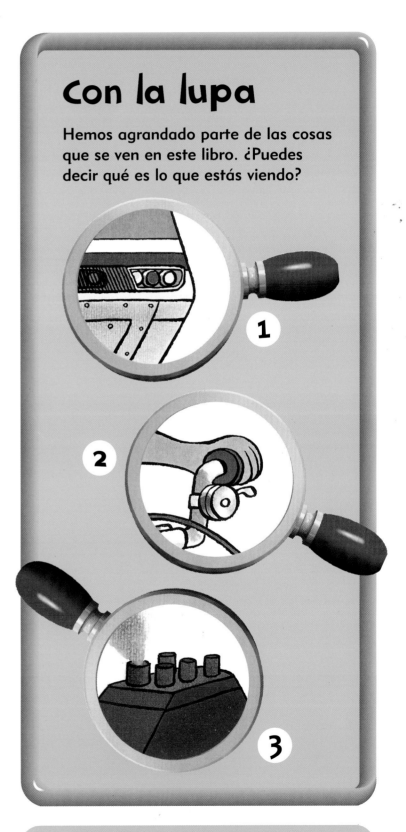

Con la lupa

Hemos agrandado parte de las cosas que se ven en este libro. ¿Puedes decir qué es lo que estás viendo?

1

2

3

Respuestas: ¡Con la lupa! 1 locomotora y luces, 2 manubrio de bicicleta y timbre, 3 chimenea de barco.

¿Falso o verdadero?

¿Puedes decir cuáles de estas afirmaciones son verdaderas? Mira si acertaste en las páginas indicadas.

1 Un helicóptero puede aterrizar en el techo de un edificio. **Ve a la página 20.**

2 Una lancha de carreras va muy rápido bajo el agua. **Ve a la página 17.**

3 Un monociclo es una bicicleta con tres ruedas. **Ve a la página 5.**

4 El auto más largo del mundo tiene una piscina. **Ve a la página 6.**

Índice

Respuestas: 1 verdadero, 2 falso, 3 falso, 4 verdadero